于斯静 如是修

沈定庵题

——俳人笔下的南平静修小镇

王导 著

嶺南美術出版社
中国·广州

图书在版编目（CIP）数据

于斯静，如是修：俳人笔下的南平静修小镇 / 王导著 .—广州：岭南美术出版社，2021.10

ISBN 978-7-5362-7271-2

Ⅰ . ①于… Ⅱ . ①王… Ⅲ . ①散文集—中国—当代
Ⅳ . ① I267

中国版本图书馆 CIP 数据核字 (2021) 第 093161 号

责任编辑：黄　敏
责任技编：罗文轩

特约编辑：谭　颖
书名题写：沈定庵
插图绘画：梁俊球
图片摄影：何跃进　刘　明
金石治印：梁国明　江　晖
书签绘画：longlong
装帧设计：海上青雨艺术 · 曾焕
统　　筹：广州华讯恒新咨询有限公司

于斯静　如是修——俳人笔下的南平静修小镇
YUSI JING RUSHI XIU——PAIREN BIXIA DE NANPING JINGXIU XIAOZHEN

出版、总发行：岭南美术出版社（网址：www：lnysw.net）
（广州市文德北路 170 号 3 楼　邮编：510045）
经销：全国新华书店
印刷：广州星河印刷有限公司
版次：2021 年 10 月第 1 版
印次：2021 年 10 月第 1 次印刷
开本：787mm × 1092mm　1/16
印张：14
字数：124 千字
印数：1-3000 册
ISBN：978-7-5362-7271-2

定价：150.00 元

中国美丽休闲乡村

全国乡村旅游重点村

全国环境整治示范村

全国“一村一品”示范村镇

国家森林乡村

广东省文化和旅游特色村

广东乡村振兴大擂台优秀村

农房管控风貌提升优秀村

……

这，就是南平静修小镇

于斯静，如是修

南平静修小

借村而居 心栖南平

王导

1

这本书，不是为了吸引你来。因为你已经来了，或者正在来的路上。

尽情享受南平静修小镇的曼妙山水吧，漫步、奔跑、溯溪、嬉戏、采摘、美食、畅游……就像在你曾经去过的那些美丽乡村一样，深深地呼吸、快意地宣泄——而当一切的炽热喧闹过后，在捧着一杯红茶的午后惬意时光，或是在静赏清风明月的怡人夜晚，打开这本书，随着文字的叙述，让自己的身体轻轻平和下来，让自己的心缓缓沉静下来，此时此刻，你才能细细感受此处与彼处不一样的气息，你可以慢慢发现那目光所不能及，心却可以抵达的——另一个南平静修小镇。

2

中国传统文化中，静修是一门大学问。儒、释、道三家，都主张以静修而获得身的休养和心的安宁。

“知、止、定、静、安、虑、得”，《大学》之“七证”，修行的“七境”。红尘滚滚，湁潗鼎沸，“知止”尚难，遑论“虑得”。能得一“静”，便属不易。

南平静修小镇，在岭南大地芸芸村落之中，独以“静修”为名，高标独立，殊为难得。

观人们休旅之需求，约而言之有三。一是见识外部世界，流连于不同的风光景致中，山是山、水是水。二是探寻各地风物人情，沉醉其中乐也融融，山和水都被赋予了别样的意义。三是外境之美变成了内在修行的助力，在山水之中找回失落已久的淡泊和宁静，超然于世俗烦恼之外，获得欢愉自在和静定的力量——山还是山，仁者之山；水还是水，智者之水。结庐乡野间，至此不远游。

南平静修小镇，便是要承载静修者勘破“看山还是山，看水还是水”这层境界的所在。依此愿景，便自然担负起中华传统文化的弘扬和当代中国人文精神的提振之责任——仅此一点，便已越过绝大多数乡村振兴发展的理念，居于借山水而修身悟道的最高处，迎候有缘众生的到来。

3

南平静修小镇的山、泉、林、溪、石，不可谓不美，这种美不是气象雄奇，不是磅礴瑰丽，不是可望而不可即。这种美让人轻松而舒服，没有一点违和感，让人身心皆悦，让人愿意亲近。怎么说呢？这是一个对的地方，如同你遇见对的人，不需要有夺人魂魄的绝色容颜，那自然流露的温婉可人已然让人默默心动，这种发自内心的喜爱，细腻而持续，真挚而恒定。

也曾自问：岭南山水之秀美如南平者并非罕有，为何对此地如许情有独钟？沉吟良久，复又自答：半缘其景，半在其人。

坐落于凤凰山坳，和大多数地处山野的乡村一样，南平小镇原住民的质朴淳厚自不必多说，这片土地的规划建设者们且值得一书。观时下乡村的改造开发，轰轰烈烈者多，细处用心者少，更有甚者还以主观意志强加于宁静的乡村，不单破坏了本有的安逸，于持续发展亦无益处。南平静修小镇在这方面却堪称典范：乡村的转型升级和改造发展与村民的生活水平和人文素养的提高和谐共进，富于设计感的建筑与原生态山水的融合度也几近完美。

这一切归根结底还在于“人”。在这里，我所接触到的从化区、温泉镇和南平村的党政干群，以及珠江实业集团的管理团队，无一例外的都有共通之处：沉稳、务实、勤勉、热爱乡村。我能明显感觉到他们对南平的眷恋和爱护，基于此，南平静修小镇的建设高效却不急躁，热情而保持克制——一群恪守初心的人，一群宁静致远的人，在这一方以“静修”为主旨的天地中，各得其所，他们懂得珍惜和爱护这里的一点一滴，真心实意地希望自己的付出和努力能让这个地方从好变得更好。

我毫不掩饰对这个地方的喜爱，毛遂自荐地对引领我来到这里的何少强先生提出，我是否可以为南平写些什么。少强先生说：“欢迎文学艺术创作者们用不同的方式来描摹南平静修小镇，无须拘泥表现形式，不必有内容上的局限，甚至也不用设定时间表，总之，你想怎么表达，我们都乐见其成。”听音识人，此等情怀与胸怀，从化区、温泉镇党政领导对南平静修小镇的用心和信心，尽在此言中矣。

4

我将用汉俳和俳文来呈现我心中的南平静修小镇。

在这里我不准备再介绍什么是“汉俳”，因为了解的人已经了解，不了解的人，我相信你看完这本书之后一定会产生兴趣而主动去搜索了解。

自《空谷做么响》汉俳图文集刊行之后，越来越多人开始关注汉俳这种简练而富于禅意的诗歌体裁，俳人们的作品更呈百花齐放之态，我身处其间，倍感欢喜。

在堪称“中国禅意汉俳发祥地”的广州六榕寺，汉俳不再是一种单纯的文学体裁，而成为修行的一种法门。六榕法量上人随缘开示的汉俳偈语，独具气象，如同禅宗历史上的德山棒、临济喝，直指人心，宣流教化。

这几年依随法量上人修习禅法，得恩师言传身教，耳濡目染之下，我自然便为汉俳的发展立下主张：“三句十七字”的汉俳，不仅要考究文字的功夫，更要与个人学修体悟相结合，与我们的净雅生活相结合，让汉俳成为俳人高洁行止和不凡志趣的道白，从而让文字重现其力量，让文字回归其价值——依因待缘，假以时日，我更祈愿汉俳能成为反映我们所处这个时代精神的一个文化符号。

观中国禅宗发展史，一些文学艺术的门类或流派正是由丛林禅门发轫，经由同时代的文化中坚力量推动，与清流士人的雅意生活相融合，从而形成一股文化新潮，继而逐渐进入社会公众的视野。汉俳由中国佛教协会原会长赵朴初居士创立，在羊城榕荫园中落地生根、开枝散叶，吸引了社会各界许多墨客文人加入汉俳创作之中，个中情形，与历史上禅宗文化与社会主流文化融合的线路具有极强的趋同性——汉俳从禅门阐发，再扩展到文化精英阶层，只待一个机缘、一个承载。

心之所念，一浪一浪，音传千里，必得回响。这一次，汉俳与南平静修小镇的相遇，便是绝佳的善缘。

5

南平静修小镇自从出现在世人面前，便是一个宠儿，各路媒体纷纷进驻，以声音、影像、动画为媒，通过网络、电视、广播，迅速将小镇外在的美传递到千家万户，小镇也获得无数桂冠的加冕，迅速成为人们休旅胜地。

但“静修”的主旨，却在于让人来到这里有切身的体悟。而基于“心”的体悟，却是“不可思”“不可议”“不可说”的，新媒体并不能很好地表达，甚至是苍白无力的。文以载道，在当今时代似乎正在逐渐失去影响力的文字，却在这边厢呈现其深邃的力量——当回归到向内探寻本源的时候，一切“色相”都是徒劳，唯有文字能够稍稍触及几分。不然，为什么震古烁今的儒、释、道思想体系，流传至今的，仍然是千百年来传诵的《论语》《金刚经》《道德经》这些文字经典呢？

所以，当我选取简短而颇具力量的汉俳来再造一个内心的南平静修小镇时，我并不想如何特别地介绍南平的景致，那不是文字的长处——本书绝对不是旅游推介手册，否则它将没有任何的意义——我要做的，是把自己在旅居南平时的所思所悟，用一两百字的俳文直接地叙述，并用“三句十七字”的汉俳提炼出来。

文字很少，留白很多，这让它别具一格。南平小镇的山山水水和历史人文，都化作了一个淡淡的背景，我唯一要做的，是在这片淡然的天地间，以“静修”为名，直面内心。

这本书从某种意义上，在向日本“俳圣”松尾芭蕉的《奥州小道》致敬，我希望这本书是有生命力的——我努力学习芭蕉文字的调性：至精至锐，笔锋冷峻，意在物外，更不多言——静修与文字的结合能企及的高度，于我当下的能力，大概就这样了。

如果一个地方能令人掩卷沉思，如果一个地方能让人内心安定，那将会是这个人一生念念不忘之处，将终生与这个地方结下无比深厚的缘分。我希望在南平静修小镇，借由这本小书，可以做到。

——于斯静，如是修。除此，更无别话。

目录

第一章

节气·悠思

不到凤溪，便是没来过南平静修小镇。对初到小镇的人来说，一条凤溪，占足南平七分神韵。

沿凤溪而上，水间、路旁、林中，镌刻有“二十四节气”的朴石次第而现，间杂还可见有理有趣的农谚勒于石上，于依峦临水的静安氛围之外陡添几许人文气息及农事趣味。

“二十四节气”是中国传统文化的表征之一，是中国古人感知天地、顺应自然的总结和指引。今天，遏阻在高楼大厦、幽禁于杂讯乱码的人们，几乎与自然失去了联络，很难有天人感应的认知。

所幸，在这里，抬头见天，低头是地；日升月落，叶凋花开；春闻蛙鸣，夏听蝉躁……在这里，时光变得悠缓，万籁自由相通，一个接着一个节气的流转，荔枝渐渐红了，柿子慢慢黄了，气候和事物的细微变化，在小镇的人眼中，纤悉无遗。

对于一个静修者来说，由内心的沉淀而生出的敏锐觉知力，不止应用于对时空微观世界的审视，更注重洞察内心波澜与节气变化的相应之处，由外及内，向内而观。这便是先贤所言“外师造化，中得心源”，借南平静修小镇的风物变迁，借凤溪景致的寒暑相替，转而生出对人生的思考，对时间的思考，对天地的思考。

凤溪，是一条亲水嬉戏的山涧，是一条节气物候的科普长廊，对静修者而言，却是一条格物致知之路。

立春

立春，二十四节气之首，四季流转的起始，代表着轮回和重生。

“身是菩提树，心如明镜台。时时勤拂拭，勿使惹尘埃。”如果没有学会审视内心，情绪便会无端地显得紊乱，心里不知不觉负载了许多不必要的东西。

在南平静修小镇，随意找一处舒适的地方——在荔树下、在风溪边，静坐几分钟，来一次心灵的“断舍离”。把遮覆心灵的灰尘轻轻拂去，把困扰内心却毫无意义的思绪扔掉。梳理和重启，我们将可获得一个精神上的“立春”。

“一年之计在于春，一日之计在于晨。”那一生之计呢？就在一个正念的提起。这一念非常重要，有了这一念，便是改变的开始，便是自新的开始。当正念提起，山河大地、日月星辰，都将随心而转，当下便是晨，当下便是春。

有所思，得俳曰：

正念若提起

山河大地春风碧

定下终生计

立春　设色纸本　ф42cm　梁俊球

雨水

沿风溪拾级而上，春光甚美，有鸟叫虫鸣相伴，尽情沐浴在负离子之中。正无比惬意间，突然下起雨来，此刻正在半途，前行或退后都颇尴尬。

忽然想起听过的关于傻子的笑话：

下雨了，有一个傻子，慢腾腾地就那么在雨中走。

行人急匆匆地从他身边跑过，一边跑一边喊："傻子，快点往前跑啊，下雨呢！"

傻子不紧不慢地回答说："跑什么，前面也在下雨。"

以前听故事的时候，自己是"行人"，如今反而想做那个"傻子"了。

有所思，得俳曰：

遇雨无藏处
落叶遮头毋踞蹙
慢慢行山路

雨水　设色纸本　ϕ42cm　梁俊球

惊蛰

惊蛰，一个多么令人振奋的节气呀。入春后的南平静修小镇，已然是春意萌动，但在这片山谷里的天籁万物，都在静待着久违了的那一声炸雷。

惊蛰是二十四节气中唯一一个以声音为标志的节气。来自上天的召唤，往往会在一个大雨倾盆的夜晚来临，横挂夜空的闪电照彻山村的每一个角落，迅猛的轰隆巨响震撼了所有沉睡的生物。

相比“惊蛰”，我更喜欢“启蛰”——因避汉景帝刘启的名讳而被改动的这个节气本来的名字。这声惊雷，本不是让人震惊害怕的霹雳手段，而是启发、教化人的菩萨心肠。

愿不愿意醒来，完全取决于自己。良马见到扬起的鞭影便会奋蹄迅驰，但驽马即使鞭棍抽打在身也是无动于衷的，正如你永远叫不醒一个装睡的人。

有所思，得俳曰：

眠虫尚知春

响鼓何须重捶抡

难醒装睡人

惊蛰　设色纸本　ф42cm　梁俊球

春分

“劝君莫惜金缕衣，劝君须惜少年时。有花堪折直须折，莫待无花空折枝。”春分时节，行走在凤凰山上，花开遍野，争奇斗艳，就会念起这首富于哲理、内涵隽永的小诗。

有人把这首诗理解为“及时行乐”，未免低看了诗人的境界。从字面看，诗人是对青春和爱的歌颂，是热情奔放的坦诚流露。然而究其内里，无疑却是“爱惜时光”的主旨。它劝喻人们莫要辜负好时光，及时行动起来——至于行动的目标是什么，诗人并无具指，更让人觉得回味无穷。

在花丛中驻足良久，却没有折下一朵花。我爱花，却并不需要拥有和黏着。攥在我的手里，它只是一束花；开放在原野间，它就是明媚的一抹春光。

有所思，得俳曰：

遍地吐奇葩
只采春光不采花
爱它莫恋它

春分　设色纸本　ф42cm　梁俊球

清明

清明既是自然节气，也是传统节日，兼具自然与人文两大内涵。生气旺盛、吐故纳新，大地呈现春和景明之象，正是郊外踏青春游与行清墓祭的时节。

站在南平静修小镇的最高点——凤凰山巅远眺，由远及近，从千里之外的云天到近在咫尺的草丛，层次分明，细节丰富，清清楚楚，历历在目——这便是清明节气的特点：万物皆洁齐而清明，盖时当气清景明，万物皆显。

清明之景象是摄影师最喜欢的，空气中的杂质特别少，所以万事万物都能呈现出本来的面目，拍出来的照片看起来非常通透敞亮。纯净的人心也是一样，能洞察入微，拨云见日。

有所思，得俳曰：

心清事洞明
迷眼乱花至此停
无诤天地宁

清明　设色纸本　φ42cm　梁俊球

谷雨

谷雨时节，四周的蛙声此起彼伏，一刻不停。

春夏之交，日渐转暖，尽管保持着早起的习惯，可春困还是让人有些昏昏沉沉。晃悠悠地在农家天台慵懒地拉伸身体，睡眼惺忪中还在想，那么快就到暮春了呀，我要尽情地享受这里的一切，我要好好地抓住春天的尾巴。

忽然，蛙儿们短暂地安静了几秒钟，复又鸣叫起来。持续的鼓噪之间，这倏然安静下来的几秒显得特别长，我好奇是什么原因让所有的青蛙在同一时间集体噤声，那一定是自然的力量。

正思量间，蓦地觉得有些微凉，感到身上的衬衫竟然有些湿润，回过神来看，雨点已是清晰可辨。

原来是场暮春的雨打断了蛙儿的演唱呀，人对自然的反应、对事物的感知，远不及这些小动物，是因为人总是有太多的思绪干扰吗？

有所思，得俳曰：

暮春之雨丝

悄寂无声衣已湿

鸣蛙先我知

谷雨　设色纸本　φ42cm　梁俊球

立夏　设色纸本　ф42cm　梁俊球

立夏

向村民借了一块菜地，依葫芦画瓢，学着种种菜。虽然是第一次种菜，但心思用到了，该浇水时浇水，该拔草时拔草，长势还很喜人。

早春，我们种了一片芫荽，吃起来又嫩又滑又甜，无论是做汤还是清炒都很可口。到了春季的仲暮之交，我们就把芫荽吃完了，又种上了其他的菜。

转眼到了立夏节气，发现菜地里竟然还留了一棵芫荽，只不过此时已经长得很高，茎也长得很老了。又过了几天，想着留着它也没有什么用，就当作一根杂草拔了吧。

走到跟前正要动手，忽然发现它在几天里长出了一朵朵花来，在初夏的暖风中摇曳，在一片低矮的绿油油菜叶中，紫白色的小花还蛮好看的。便不忍下手，一直留了下来。

有所思，得俳曰：

春去不容惜

纵然错过也欢喜

因从未自弃

小满　设色纸本　ф42cm　梁俊球

小满

小满有两重意思，一是指部分农作物开始成熟饱满；二是指这个时节降水较多，江河的水逐渐盈满。

走在风溪边上，可以明显感觉出溪水水量的变化，从冬季的浅水缓流，到如今的漫上草丛，哗哗啦啦的，很应节。

二十四节气中，小暑大暑、小雪大雪、小寒大寒都是成双成对的，唯独有小满而没有大满。这便是中国传统文化的精髓：满招损，谦受益。花半开，月未圆，便是最好的状态。

“小得盈满”最好，要是水涨得过头了，眼前这条风溪便不如当下这么可爱了。

都说人生要有“归零”的心态，其实保持“小满”的心态也挺好。小满嘛，既谦虚谨慎，又自信自强；既有继续前行的动力，也不失对过往的自我肯定。

有所思，得俳曰：

物致渐盈满

江河也满谷仓满

人生别自满

芒种　设色纸本　φ42cm　梁俊球

芒种

芒种时节气温显著升高、雨量充沛、空气湿度大，最宜种植有芒的谷类作物。

芒种又称“忙种”，是能让人勤快起来的节气，此时是种植农作物时机的分界点，民谚有云“芒种不种，再种无用”。

正所谓“种瓜得瓜、种豆得豆”，每个人都有一块心田等待耕种，在人生最适合的时光，就应该播撒下善的种子，修身、修心，积福、积德。

“人为善，福虽未至，祸已远离；人为恶，祸虽未至，福已远离。”因果报应，丝毫不爽，人的德行与福报息息相关，故中国传统文化儒释道三家皆提倡通过积德行善，来改善自己现在和未来的命运。

有所思，得俳曰：

问我种什么

种瓜种豆种福德

下辈子收割

夏至　设色纸本　ф42cm　梁俊球

夏至

夏至对于南平静修小镇来说有着特殊的意义，因为从化正好位于北回归线上，每年夏至，太阳直射，正午时分，立竿无影。

我是怕热的，虽说旅居在小镇，已经比城里的气温要低上好几度了，但夏天烈日的炙烤，仍让我有些不自在，便来到凤溪泡泡脚。

溪边的荔枝林有个阿伯正在劳作，虽然挥汗如雨，却仍是优哉游哉，手上的活也不紧不慢，似乎全然不受高温的影响。

忍不住问："好热的天呀，老伯你不觉得热吗？"

阿伯说："夏天嘛，本就该是热的，这不很正常的事嘛。你想冷还不容易吗？再过几个月就行了。"

我一时语噎，竟没法接话。

有所思，得俳曰：

热恼随节至

炎凉本是平常事

难捱（挨）只一时

小暑　设色纸本　ф42cm　梁俊球

小暑

自上次与老伯对话之后，我又经常来到风溪，想再找他聊聊，看他又能说出什么醍醐灌顶的话语来。可惜再没见着。

风溪真是一个得天独厚的地方，风凉水冷，避暑胜地。不管天再热，只需来到溪边，卷起裤腿，把双脚泡进水里，一阵沁凉便即刻从脚底传遍全身，暑气顿消。

随着天气越来越热，越来越多人慕名而来，小溪里人头涌动。我不爱凑热闹，便在岸上找块平整的石头坐着，看小孩子在溪间泼水嬉闹。

心无所虑，就这样静静地坐着，远远地看得入神，只觉得他们溅起来的水花，全都落在了我的身上，不然，为什么我不在水中，也觉得凉丝丝的呢？

有所思，得俳曰：

骄阳无可避

林下溪边无暑气

清凉非风力

大暑　设色纸本　φ42cm　梁俊球

大暑

春困、夏乏、秋盹、冬眠。对于混混沌沌的人来说，一年四季就好像没有清醒的时候，最好是站着能睡着，坐着能睡着，趴着能睡着，尤其是大夏天，是沉沉睡去多好的理由啊。

佛家把嗜睡列为“财色名食睡”五欲之一，有人觉得不解，不就是喜欢睡觉嘛，怎么能跟贪财好色相提并论呢？岂不知睡意昏沉，将错失许多大好时光。所谓：财色名食睡，地狱五条根，一睡一千年，不闻佛名字。

你在沉睡，而“冬练三九，夏练三伏”的那些人正在不动声色地前行。

有所思，得俳曰：

暑至待天凉

入得冬来热炕躺

了脱路茫茫

立秋

时光嗖嗖嗖的，转眼就到了立秋。即使按农历来算，一年也已过半了。

人生的中年，也是这样悄悄地就到来了：夏之绚烂还未褪却，秋之静美已可期待。身体还有蹦跶的冲动，内心开始趋于平稳，看问题不再浮于表面，已可触摸到深处的激流回荡。当然，也附带或多或少的焦虑，或许还有些淡淡的萧瑟。

不同的季节各有不同的美，秋天毫无疑问是公认的最美的季节。“人到中年万事休？”没有的事。关汉卿《一枝花·不伏老》里说道：“恰不道‘人到中年万事休’，我怎肯虚度了春秋。”你若不愿虚度春秋，时光又岂会辜负了你？

有所思，得俳曰：

悄悄已立秋
谁道中年万事休
深深静水流

立秋　设色纸本　ϕ42cm　梁俊球

处暑

“处暑”的“处”是离开、躲藏的意思，处暑节气，暑气开始消减。尽管白天还很闷热，但一早一晚的丝丝凉意却在提醒人们，秋日的胜景将要拉开帷幕。

“四时俱可喜，最好新秋时，柴门傍野水，邻叟闲相期。”此句出自陆游的《闲适》，便是描写处暑时节的农家惬意生活。“柴门”“野水”“邻叟”，细细读来，竟如同诗人曾经来过南平，走在风溪边写就的一般。

南平小镇的夏天是热闹的。孩子们在风溪中嬉戏闹腾，树梢枝头荔枝红了、龙眼又熟——然而处暑一过，气氛就开始慢慢地沉静下来，孩子们准备上学，农人们也可以调整一下紧张的节奏，闲坐着唠一唠家常了。

只不过，也只是稍微缓上一缓，便又要迎来秋收农忙时。人生莫不如此，悠闲的时光不多，闲适的心情不易，且行且珍惜吧。

有所思，得俳曰：

人生如逆旅
悠悠欲与白云聚
终竟下山去

处暑　设色纸本　ϕ42cm　梁俊球

白露

白露听起来就是一个很浪漫的节气。

白日阳光依然灿烂，太阳下山之后，气温快速下降。夜间，浮在空气中的水汽凝结成水滴，密集地依附在植物叶子上；早晨，行走在风溪，不经意间，便被晶莹的露珠打湿了双脚。

“露从今夜白，月是故乡明。”唐代杜甫的这句诗是写白露节气最出名的一句。白露往往是在中秋佳节的前后，思乡之情，油然而生。

故乡在何处？苏东坡有诗云：“此心安处即吾乡。”

有所思，得俳曰：

清晨踏路行
归晚放歌随月影
崎岖山路平

白露　设色纸本　φ42cm　梁俊球

秋分

立秋不算秋。在南方，要等到秋分才算真正迎来金秋时节。

此时的南平小镇，秋意一日浓似一日。晴天是秋阳杲杲，下雨叫秋雨潇潇，起风时秋风送爽，风停了也秋凉如水，总之是怎么看怎么顺意，怎么过怎么舒心，没有一丝一毫的不如意。

与诗意无关，农人的秋天是忙碌的。旧时所谓“战三秋”，便是把“秋收、秋耕、秋种”当作是一场战役来打。一边沉浸在丰收的喜悦当中，一边又要播撒新的希望。

中秋时分，南平的柿子红了。采摘柿子是一件很费功夫的事，村民们一早上山，拿着长长的竹竿，一只一只地把柿子采下来，往往费时好久，才能装满一箩筐。虽然秋凉阵阵，汗水仍能湿透衣裳。好在，丰收的喜悦总能盖过劳作的辛苦。

有所思，得俳曰：

秋分赏秋光

秋种秋收秋更忙

秋凉汗也淌

秋分　设色纸本　ϕ42cm　梁俊球

寒露

清晨，走在深秋的凤溪，溪水明显要小了一些。山里寒气发得早，秋风飒飒，吹得树叶飘摇，颇有些肃杀的味道，让人一边感叹秋色醉人，一边还有些悲秋的情绪涌上头来。

忽然，一抹阳光越过远处的山巅照射过来，恰好照亮水边一片暗处，那里竟然开了一簇淡黄色的不知名小花，这簇小花瞬间便将刚才那一抹没来由的淡淡忧伤掩盖，整个溪谷一下子明亮生动了起来。

春花娇媚，争奇斗艳；夏花绚烂，开到荼蘼。寒露节气，山野里的小花，似乎知道这个时候更需要它的存在，独自在深秋吐露芳华。

每一朵花都在等待合适的时机迎来高光时刻。在不属于自己的季节不羡慕、不心焦。在属于自己的季节不得意、不骄狂。如此而已。

有所思，得俳曰：

寒露秋风飒
百花纷谢我花发
不必人来夸

寒露　设色纸本　ф42cm　梁俊球

霜降

种了菜，就知道霜后的菜更甜。

蔬菜会变甜，原来竟是它应对寒冷的办法。为了防止被冻伤，蔬菜会把体内不溶于水的淀粉变成可以溶解的葡萄糖，这样就不易冻结，蔬菜的细胞就不致冻坏，可以安度严寒——南平的柿子霜后更甜，是不是也是这个原理呢？

人生之路不会一帆风顺，有春华秋月，便有严寒酷暑；有平步青云，便有挫折失败。经霜历雪的事情，大部分人都会经历，当然绝大多数人都能挺过来，但你是靠什么挺过来的，很关键。这决定着你挺过来之后对这个世界的基本态度。

泰戈尔说“世界以痛吻我，要我报之以歌”，经历苦痛，还能吐露芬芳和甜蜜，这便是健全的人格和美好的情怀。

有所思，得俳曰：

世事本无常
经霜历雪有何妨
报之以饴浆

霜降　设色纸本　φ42cm　梁俊球

立冬　设色纸本　φ42cm　梁俊球

立冬

立冬之后的一段时间，地表贮存的热还有一定的能量，所以初冬时期气温虽逐渐下降，但还不算冷。南方地区往往还会出现一段温暖如春的天气，以致一些果树误以为春天到来，二度开花，正所谓“八月暖九月温，十月还有小阳春”。

凤凰山的密林树梢上，小松鼠的活动明显地频密起来，把各处搜寻到的食物贮藏在树洞里、岩穴中。这些触觉敏锐的小家伙们知道，立冬之后，天气变冷的“大趋势”是不会改变的，即使眼下还是温暖如常，但不久之后，寒潮说来便来，必须顺应天时，早做准备。

“世界潮流，浩浩荡荡，顺之则昌，逆之则亡。”凡事皆需顺势而为，春生夏长，秋收冬藏，“藏”也是一种作为，是在恰当的时候做恰当的事情。

有所思，得俳曰：

毋学寒号鸟
冬来犹唱日头好
绸缪须趁早

小雪　设色纸本　φ42cm　梁俊球

小雪

秋天，是一层秋雨一层凉；冬天，是一阵北风一阵寒。

白天温暖的熙阳普照在南平小镇，整座山谷都是明晃晃的，这就是南国，即使到了小雪节气，也感觉不到特别的寒意。

午后，见丽日当空，时光正好，忍不住上山撒野去，羁留在山林泉石中，静思半晌，不觉日头在西山那边一偏，便迅速入了夜。

一阵北风骤起，山里的温度便断崖式往下掉。身上只披了一件短袖单衣，顿时打了一个寒噤。慌乱之中竟又走错了路，幸好天上还挂着一轮月，一脚深一脚浅，又冷又急，心神尽耗，已是浑身哆嗦，战栗不已。

终于下得山来，远远地看到农家窗口透出的暖暖黄光，以及弥漫在空气中的柴火烟味和清茶香味，心下即刻暖和了许多。

有所思，得俳曰：

风起冬忽至

大寒灯暖人心炽

温盏煮茶时

大雪　设色纸本　42cm × 42cm　梁俊球

大雪

南平小镇的山谷里，生长的大多是南国常绿植物，即使到了冬天，也是枝叶不疏、鸟鸣不减。浑不似北方，一入冬便只剩下光溜溜的枝丫。

恰逢大雪时节，在陕西终南山茅棚修行的道友发来大雪封山的照片，一夜纷飞的雪把大地掩盖成白皑皑的一片。

回想起自己在秦岭太白山旅居的那段日子，参游问道，虽获益匪浅，亦诸多波折，想来，当时许多时光都折腾在一些与学修无关之处了。

此时此刻，安然居于南平小镇，于大雪节气，仍可赏花怡情，天地人和，更无他虑，倒是更能专注于静修之中。

有所思，得俳曰：

旧地雪纷下

无端思起山间岔

迷蒙眼入沙

冬至　设色纸本　42cm×42cm　梁俊球

冬至

冬至，日照时间最短。人们都在感慨，这日子怎么变得那么短?

但有谁曾想过，不管春夏秋冬，一天的时间都是一样的——十二个时辰。白天是“日子”，夜晚也是“日子”呀。

白天缩短了，夜晚就长了，我们的时间安排也是这样，在这里用得多了，在那里就用得少了。这就要看你都把时间用在哪里了。忙于应酬的时间长了，陪家人的时间自然短了，享乐的时间用得多了，用功的时间自然少了。

有所思，得俳曰：

谁将谁亏欠
日头短了夜来填
反正是一天

小寒　设色纸本　42cm × 42cm　梁俊球

小寒

“着意寻春不肯香，香在无寻处”，梅花的香让人难以捕捉却又沁人肺腑，清逸幽雅又催人欲醉。常在凤凰山上游荡，便移植了一株宫粉梅花种在半山平坦之处，这里一片空旷，景致特别宜人，周边也没有农作物，想来村民也很少到此。

或许是气候的原因，原本腊月才盛开的梅花，竟然在小寒时节就提早开放了，那一段若有若无、沁人心脾的暗香，让人欲罢不能，直想马上呼朋唤友前来一同欣赏。

心念方起，便萧然一哂：此地虽距城心不远，但浮华世间，要有说走就走的心境，放下手头之事来到这里，再与我一同上山，只为闻一缕梅香，却不是随意一个人能做得到的呀！如此福分，便由我独享了吧。

有所思，得俳曰：

梅香飘几缕

山中住久无人与

道远路崎岖

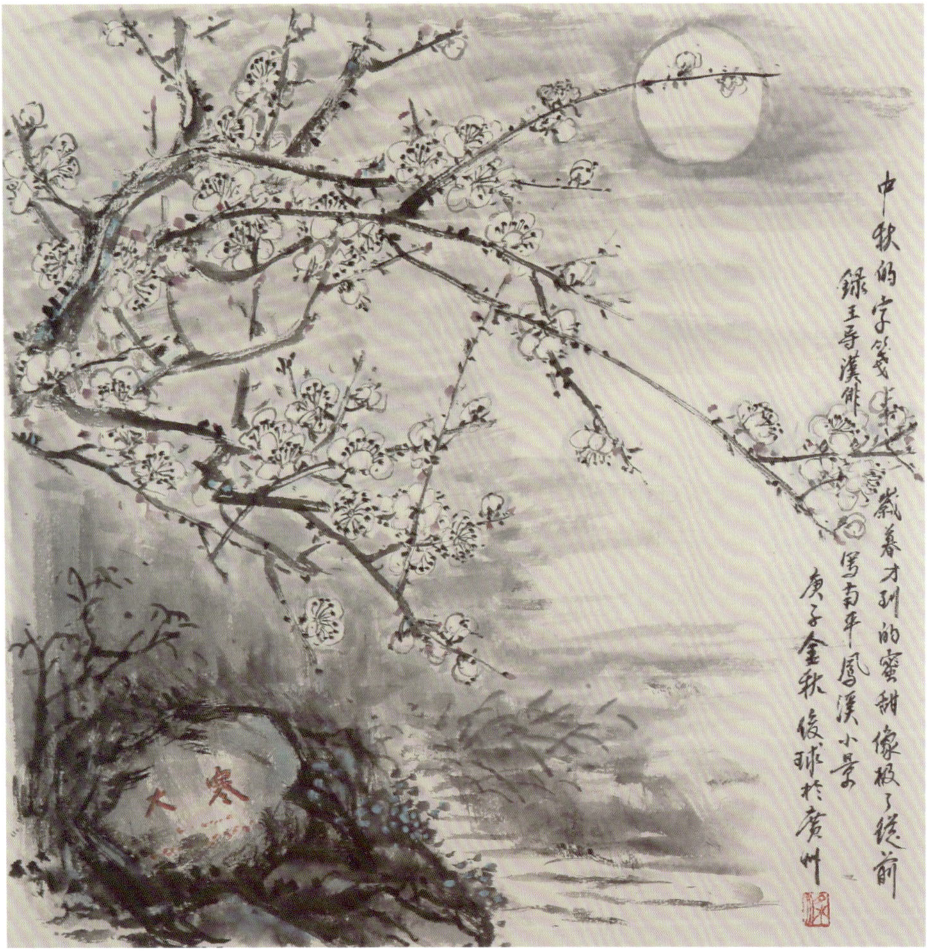

大寒　设色纸本　42cm×42cm　梁俊球

大寒

在清冷的大寒节气，收到一份温暖。

约莫在中秋时节，我曾经无意间流露出想让一位书法家老姐把我的几首汉俳写成扇面。提起此事时并不正式，又恰有其他话题岔开，没能等到老姐明确的应允，之后便全然忘记了这件事。

没承想，在岁暮，我却收到了老姐的字笺，还不是邮寄过来的，是她专门托人前来当面转交予我。并且还给我带话说，因为那几首汉俳的意境她要慢慢读，有了感觉才慢慢写，写了之后又放在一边沉吟琢磨，所以才用了这么许久的时光。

“从前的日色变得慢，车、马、邮件都慢，一生只够爱一个人。”木心先生这首诗里描绘的那种感觉，就是在我接到书法小笺那一瞬间的甜蜜。仿若梅下赏月，温暖圆满。

有所思，得俳曰：

中秋的字笺
岁暮才到的蜜甜
像极了从前

第二章

旅居·行藏

旅居，是我与禾末喜欢的生活方式。

遇到有缘的地方，总想着要待上一段时间，用缓慢的节奏把当地的风物人情都尝遍，四时幻变都看惯，直到大家都觉得我俩原本就是他们中的一员。

既非走马观花的“旅”，亦非世代生息的“居”。旅居者的目光，往往更能发现原住民未予关注的细微之处；旅居者的心态，也更能感知和享受旅居地的自然馈赠。

“小隐隐陵薮，大隐隐朝市。”都市热闹而且雷同，杳无人烟的深山老林也不是我的选择。旅居生活中，最常是借村而居，这大概要归结于我的“中隐”情结——村，是中国群居社会最小的单元，相对独立，疏密有致，远离喧嚣又不离世间，自有一套生活逻辑。最弥足珍贵的是不同的村野还保有不同的人文表征，让人从不厌倦。

孔子言：“用之则行，舍之则藏。”被需要就出来施展抱负，不被需要就退隐，这种随缘态度是令人赞叹的，却还是有些无奈和被动。“行”或是“藏”，若是可以不为外境所迫，思行可行，欲藏能藏，该有多好——可惜谁又能做到？大抵只有智慧圆满的觉者可以吧。

别想太多，就说眼下的南平静修小镇。距粤港澳大湾区的都市群就那么一两个小时的车程，入得山中，尘世便远，正是借村而居、心隐即藏的理想王国。

结界

南平静修小镇的入口，有一道竹子搭成的门，寓意凤凰展翅。竹门虚设，并无门扉，它不是为了封闭和阻止，只给你一个提示：到了，就是这里了。

前往小镇腹地，路是渐进的，山是延绵的，水是迁流的，门里门外是连续的，本为一体。就这么一道不设防的门，你进来的这一霎，与刚刚未进来的前一刹那，大有不同。

佛道两家都有“结界”的概念，“界”也可以是无形无影的，如同孙悟空用金箍棒在地上画一个圈，鬼怪妖魔便入不来。

当看到小镇竹门的那一刻，提起意念，收束心情，便结了“界”，便立了“戒”，人也就有了凭借。

对此境，得俳曰：

忽现南平界
一路行来何所借
静修恒守戒

结思

静坐

“静”的基因根植于中国传统文化之中，儒、释、道三家都非常重视静修。

有人说，道家静坐要诀在于“忘”，佛家禅坐要诀在于“空”，而儒家似乎是法无专籍，故历代儒门多采用佛道二家之法，做修身养性与超凡入圣的功夫。

其实儒门对静修的论述并不少，而且历史上大儒们的静修有一个特点，就是切于伦常日用，非常务实。

明代“东林八君子”之一高攀龙，在其所著《静坐说》中云：“静坐之法，不用一毫安排，只平平常常，默然静去，此平常二字，不可容易看过。”细品其言，窃以为甚妙也。

对此境，得俳曰：

山水入心怀
无事思量静下来
处处是莲台

静坐

漫步

漫步

南平静修小镇里散落在山间各处的村落，都由洁净规整的路串联了起来。清晨车少人稀，选一处坡缓路平的区域，伴着朝阳，自由自在地漫步其中，或者跑上一段。

不必设定方向和线路，遇有分岔，随便选一条便是。往左能闻到野草的芬芳，往右能看到春花的娇艳，中间这条可以向迎面而来的村民道声早安。

不必考虑配速和步频，也不用理会时间和消耗多少卡路里，只管迈开腿，令自己舒服愉悦就好。这甚至算不上是在跑步，只是闲闲散散地、自然而然地调适着自己的节奏，度过一段曼妙时光。

对此境，得俳曰：

不预设方向
心中有爱眼含光
一路见朝阳

读书

凤凰山下这片村落古称“韶峒”，在明代，韶峒黎氏一门三代——黎贯、其子黎民衷、其孙黎邦琰高中进士，与仕途无缘的黎贯长子黎民表则以诗文书画著称，享誉岭南。

“一门四杰三进士”，堪称一段文化传奇。设于南平静修小镇的进士亭便是对黎氏书香传家的纪念、呼应和延续。

晴耕雨读，可谓古人居于乡野的最高境界。觅一处依山傍水之地，天晴时耕种以果腹，雨来则读书而悦心，是无数士子文人渴求向往的一种生活状态。

静下来，读书方可入心，把书读进去，又增益人之静气。静，是读书的起点，也是读书的归宿。

有所思，得俳曰：

耕读传家久
韶峒书香勤自修
济世利千秋

讀書

声澹

白居易诗云："古声澹无味，不称今人情。"古琴的声音实在太轻，又太淡了，而世人多好繁曲烈声，真正能欣赏的人并不多。

好在，古琴本为悦己，遇知音而和鸣。禾末在南平客栈的木廊里抚琴时，我远远地看着，听不清，却可知琴声里情绪的变化。

琴棋书画、诗酒花茶，诸般雅事除"手熟"之外，莫不因心境德行而有深浅差别。

对此境，得俳曰：

莫道琴声淡
一音甫现千音泛
无德君莫弹

若有人问，俳中的"泛"字，是说抚琴时一音既出，引来千音泛起呢？还是指琴声虽淡，唯其至净至雅，等闲之音便成泛泛之流呢？

我却忘了写俳的那一瞬，究竟是哪一层意思了。

和静

和静

禾末背着琴，悄然隐没在凤溪林深之处，其行也静。我听她抚琴，技法算不上高明，唯能得一“静”字。

明末琴家徐上瀛在《溪山琴况》中罗列了古琴欣赏的二十四个方面，即“二十四况”。居于首是“和”，随其后即“静”也。

记得那年初冬，禾末说想学古琴，我写下几行文字：

你坐在那
指尖还没越过第七弦
我就听到一滴水落在了秋天的深潭里
我就听到乌云悄悄地离开山间的峨眉月

据说这首小诗有很多人喜欢，无他，也就得一“静”字而已。

对此境，得俳曰：

和静无杂染
细听滴水落深潭
山空新月澹

调心

修行的法门有八万四千种，手头在做什么，便用什么来调心。抚琴时调心如琴，种地时调心如锄。

梅花初绽的冬天，最宜在户外抚琴。或有游人好奇围观，此刻便可检验静修调心的功夫，看是不是能做到一心不乱、不随境转——抚琴安坐的神态在游人看来定是一派淡然安逸，而检视内里，究竟是人我两忘，还是假作镇定，唯自己方知。

心平气静，素手拨弦。风过，琴响，梅花抖落。不单你是愉悦的，就连听到琴声的人内心都澄净了，卿卿私语的游客也噤了声息。

对此境，得俳曰：

弦动心平后
琴声漫处梅微抖
观者皆缄口

守意

太极是我的日课之一，平日里都会找一处平坦幽静之处回旋施展，徐徐出拳。

一日上山，来到一处潭边，小飞瀑哗哗作响，弥漫开来的雾气让人暗爽。可惜周边的草长得茂盛，地也坑洼不平，便在潭边对着水瀑站桩守意。俄顷，气息自然引导双臂往上抬，不知不觉做了一个太极拳起势。

太极既分阴阳，一经催发，其势连绵。无有杂念，在潭边狭小的空间，进退顾盼，几乎是在入定的状态下完成了一整套拳架。心、神、意、气的安舒，令躯干四肢中正自然，虽身处堪容立锥的不平之地，杂草又多阻滞，亦如在开阔平地般转圜自如、开合有序，大有“从心所欲不逾矩”之感。

对此境，得俳曰：

草长地起伏

开合守意瀑声无

顾盼履平路

利器

凤凰山的高处有八棵古枫树，南平胜景也。

古枫之畔有一亭，悬榜“南平晚钟”。此处离山下较远，平时人迹少至，我便来此舞刀弄剑，可尽情施展，不妨碍他人。

一日要得痛快，几下腾挪就到了平地的尽头，一时兴起，没按捺住想试试刀的威力，用力斜劈向树丛，只听“哗啦”一声，齐人高的杂草和灌木细枝齐刷刷断开，更没想到的是草丛中藏有一只野鸡，还好没被劈中，受到惊吓，扑棱棱地飞向远处，咯咯的惨叫声和几片飞落的羽毛，却让我呆了半晌。

古人云“身怀利器，杀心自起，不可不慎也”。经此一事，深感认同。世间“利器”岂止刀剑？权力与财富，名望与荣誉，概莫如是，慎之，慎之。

对此境，得俳曰：

心慈轻比画

挥刀唯恐惊天下

垂首敛光华

南平

推手

说起太极，耳熟能详的是“借力打力”，我对另外四个字也颇有体会，那就是“不顶不丢”。

“不顶”和“不丢”不是两种割裂的状态，而要合在一起来理解：不硬扛，也不逃避，沾连黏随，如影随形，进有度，退不乱。

待人接物若能“不顶不丢”，则自有一股张力和韧性，不亢不卑，不骄不谄。不管风吹浪打，胜似闲庭信步。

“不顶不丢”是“术”的范畴，因为眼里还有对手，还有自我。那“道”的境界是怎样的呢？“他强任他强，清风拂山岗。他横由他横，明月照大江。”

对此境，得俳曰：

船在海心荡
上下随波逐巨浪
深稳渡苍茫

琴箫

琴和箫，是中国古代文人逸士喜爱的乐器。他们和它们，都是孤独的——孤独，不是寂寞。

孤独是自成体系的自我要求，于外在或也圆融入世，于内心却不愿与靡靡之音有染，只在自我认可的边界中独行。寂寞却是于尘嚣中攀缘逐境而无有所得，反令一颗心无所适从罢了。

琴与箫是绝配，如高山流水，如君子相对。若无知音，琴和箫宁愿是彼此独立的个体，决不将就。无箫，琴可独鸣；无琴，箫自作响，清寂对潇然，沛然于天地之间，更无半点寂寞。

对此境，得俳曰：

君子爱箫琴
流水高山相伴行
不侵靡靡音

同心桥
琴箫

瑜伽

所有的瑜伽师都遵从一点，练习时决不做超出自己身体极限的动作。我们常常惊叹瑜伽师匪夷所思的动作，实则都是从平平常常开始，来自每天都比前一天进步一点点，日复一日的坚持。

瑜伽的流派有很多，禾末练习的这一派，并不讲究高难度动作，而更注重呼吸与冥想、平衡与柔韧，以及与户外自然的融合。

总有人心急，一上来就想着突破，生拉硬拽，这样容易受挫而生懈，一曝十寒，不能长久。能经年坚守者，莫不绵绵用力，久久为功。

慢就是快，少即是多。诚不我欺。想起禾末写的一首汉俳，用在这里很合适：

细水遇坑洼
填满之后再流吧
欲速则不达

瑜伽

老树

南平小镇的古树很多，凤凰山上的八株古枫广为人知。山下的村落，也常有百年甚至千年老树点缀在屋前院后。

“枯藤老树昏鸦”，南平的老树却没有这样的凄凉之意。当一抹夕阳和煦地照过来，你会被老树的光影所吸引，它的虬枝铁干透出一种矍铄爽朗，那是有别于一般乔木灌木的从容气息，那是历经时间沉淀的沧桑，焕发着属于它的荣光。

白驹过隙的人生，少壮能有几时？这些老树，老而弥坚，没有丝毫的暮气沉沉。当我们老去的时候，也要像老树那样，越老越柔和，柔和中又有老辣劲道。

对此境，得俳曰：

枝虬气脉舒
愿我老时如古树
仍有光垂顾

竹居

竹居

南平小镇的竹子也不少。我以“狐尾竹林”为俳号，自然是爱竹的。

郑板桥画竹很出名，给竹子题的诗也好：“咬定青山不放松，立根原在破岩中。千磨万击还坚劲，任尔东西南北风。”正气凛然、清奇的修竹，愣是被写出了青松的味道。

我最爱的反倒是苏东坡的这几句诗：“宁可食无肉，不可居无竹。无肉令人瘦，无竹令人俗。人瘦尚可肥，士俗不可医。”苏公最洒脱，精神和物质的辩证关系拿捏得太到位了，活脱脱一个具有出世情怀的入世者。精神食粮和物质基础都要有，只是在他看来，物质的东西够用即可，精神世界的探求却是无穷无尽的，而且乐在其中。

有所思，得俳曰：

不可居无竹
粗茶淡饭瓦房屋
老死也知足

山路

往凤凰山深处走，山路并不难行，这里是保持着原生态的野岭风貌，没有刻意修整。可以避开如织的人群，与天地精神独往来。

遇友人来访，我与禾末在安顿好他们后，并不全天陪着，让他们在凤溪自由活动，我们逮着个空档就上山去了。

在山上待够了再回来，以下的对话就常常上演：

“你俩去哪儿啦？”

“上山溜达。”

“怎么不喊上我们？”

“路不好走，怕你们累。”

对此境，得俳曰：

山中空气清

为享幽宁不叫人

假说路难行

露营

露营

曾经，我与禾末热衷于户外徒步。背上帐篷和干粮，翻山越岭，趟溪渡水，虽苦不堪言，却乐此不疲。

如今年岁既长，借村而居，甚少折腾，往返三五个小时的轻装登顶，便觉得足够了。“适可而止”这个词，年少时常听，却只有中年之后才略懂。

只是往日的情怀免不了偶尔会勾起。即使旅居之地已是村野，还要假装自己在穿越途中，支起帐篷，看繁星流动，看月光西坠，看东边又现一抹红。一如那一年的那一晚：帐篷，凉风，美景，私语。

对此境，得俳曰：

月坠西山里

露重衣湿语渐稀

远村鸡阵啼

真水

大部分河流都是向南、向东而流，南平小镇的凤溪则是向北流。源自凤凰山的山泉水因罕有的独立生态圈而得天独厚，在2013年被广州市水质监控中心认定为“最优质水源”。

一日，有友来访，携来班章古树茶。我说，先不品茶，先品水如何?

他啜了一口，咂吧咂吧喝了下去，说：“淡得很，没味道。”

看他那么快就下结论，我正想说道说道，他又说：“入口寡淡，但又丰盈饱满，要说怎么形容嘛……两个字：‘清冽’。”

果然是懂茶识水之人。《荒政考·余事·择水》中云：“甘则茶味稍夺，冽则茶味独全。”说的就是“真源无味、真水无香”这个道理。

有所思，得俳曰：

清冽山泉淌
汲之烹煮水无香
玉成茶气扬

独弈

除了知道基本规则，我简直不会下围棋，遇到谁都输。只好自己跟自己玩。

《孙子兵法》云："善攻者，敌不知其所守。善守者，敌不知其所攻。"善于进攻的，能令对方不知道怎样防守，而善于防守的，能令对方不知道从哪里发起进攻。

左右手互搏，黑、白都是自己的棋，攻和守的路数和想法全都清清楚楚，攻时知敌所守，守时知敌所攻。我是我，敌也是我，"知白守黑"也好，"知黑守白"也好，唯有胜负最不重要。

自己跟自己玩，棋力增长是不可能的，好在我并不以增长棋力为目的。有人傻傻地玩，有人傻傻地看，挺好。

对此境，得俳曰：

山中独对弈
自攻自守无人理
妙趣我心知

珠江实业集团
獨齋

相看

相看

一个人读书，默默咀嚼是一种乐趣。若突然有所思、有所感，能立即与眼前人说道说道，则是另一番味道。

他不必有非常深刻的见解，甚至无须强求能理解你的所说，他只需安静地倾听，让你在自我讲述中阐明了观点，清晰了思路。

或许他也会搭一两句话，此刻你要留意了，万不可忽略他的言语，他一句看似风马牛不相及的话，往往有出其不意之处。这种出乎意料，恰恰是你一个人闭门造车，或者是你与水平相当者讨论时所带不来的。

对此境，得俳曰：

溪过翠竹边

伊人在侧读经典

相看两不厌

落花

南平小镇花多，落花也就多。把掉落在各处的花儿捡拾起来，在凤溪一片稍开阔的水域撒下，让花儿顺流而下。

学的是黛玉，却没有她的感伤。我与禾末只是单纯地觉得，缤纷的各色花瓣在清冷的水面回旋流动，意境很美。想着这些花儿绽放在枝头的时候就很美，掉落下来还能再美一回，我们心里也就很美。

倒没有龚自珍那种“化作春泥更护花”的崇高精神，纯粹就是不负此生的感觉。“成、住、坏、空”本是寻常事，人间虽苦，却又如此美好，在这一期的生命里，若心无遗憾，去留皆欢，该有多好。

“生固欣然，死亦无憾；花落还开，水流不断；我兮何有，谁欤安息？明月清风，不劳寻觅。”《菜根谭》里的这句话，深得我心哉。

对此境，得俳曰：

落花之静美

也曾绚烂竞芳菲

无憾走一回

入画

突然一场滂沱大雨，夏日的小镇瞬间笼罩在白茫茫的雨幕中。雨挟风势，从山那头一阵又一阵地呼啸而来。雨滴落下来，既疾且重，地面溅起的仿佛不是水花，而是撞击出来的火花。

倏然骤雨顿收，碧空万里，小镇的清新洁净达到了极致。“空山新雨后，天气晚来秋”——此刻的舒爽，让我觉得王维这句关于季节的表述，也可以理解为一种比喻，而不是写实——时在酷暑，而有秋凉。

行走在麻石铺就的小径，看积水的倒影中，有天，有云，有山，有树，有白墙，有灰瓦，此刻的南平小镇，就是一幅曼妙的水墨画，清澈而又邈远，身处其中，方可意会。

对此境，得俳曰：

素履不沾尘

流水空山暮与晨

愿作画中人

动静

动与静是矛盾统一的。正如活泼好动是孩子的天性，不可以强行压制，也不能失控躁动。

静为体，动为用。动是翱翔天际的风筝，静就是那一根细线。风筝离开线会失去控制，线离开风筝则没有任何意义。

所以，阳明先生说：“人须在事上磨，方立得住，方能‘静亦定，动亦定’。”静修是切入日常生活的、不是脱离世相的空谈。

有所思，得俳曰：

禅者活泼泼
境界纷繁花样多
事上修行过

龍鳳亭

种地

“谁知盘中餐，粒粒皆辛苦。”有付出才会有所收获。旅居在南平小镇，自然有机会旁观农人们犁田、播种、插秧、灌溉、收割……

田野对我们总是有一种莫名的吸引，兴之所至也会下田去体验一下，不一会儿就腰酸背疼，浑身不舒服，往往还会被农人嫌弃，说只有姿势没有实际。

对此境，得俳曰：

收起骄娇气
戴笠躬身学种地
身累心安逸

種地

烟 火

旅居在村野，常被城中友人半是玩笑半是认真地说我们是不是已经不食人间烟火了。

什么是人间烟火？穿梭于城东城西是人间烟火，流连于灯红酒绿是人间烟火；对着山谷长啸和应是人间烟火，与农人闲谈对答也是人间烟火。

清寂中的内心充盈最有烟火气，繁华中的无聊落寞没有烟火气。

有所思，得俳曰：

山野不孤寂
为有人间烟火气
林壑青云栖

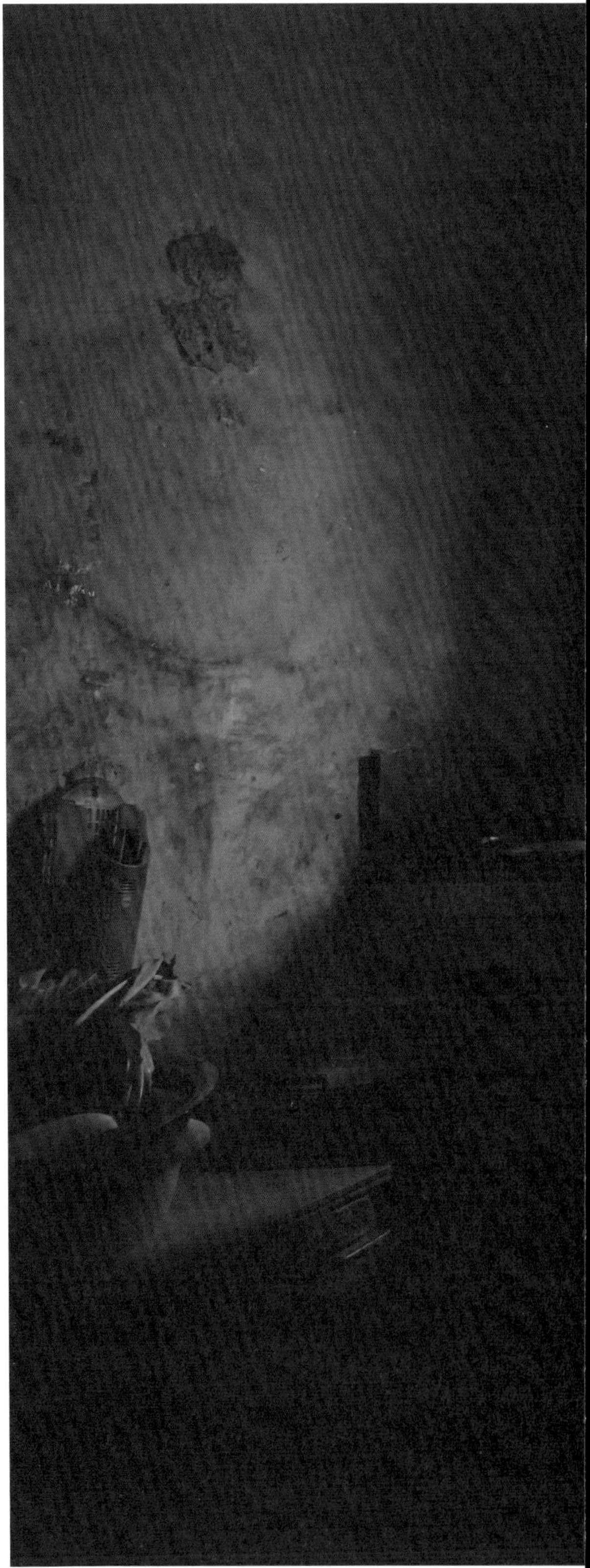

烟火

第三章 物候·清音

藏风聚气之处，必有物华天宝。南平静修小镇群山环抱，秀水长流，大自然对这里的馈赠是丰足而殷实的。

春暖融融，梅子、李子、枇杷、黄皮相继由花而果，枝头转换的色彩和舌尖丰富的回味，是南平春天记忆的重要组成部分。

炎炎仲夏，当别处的“桂味”“糯米糍”等荔枝品种即将收尾，便是南平最负盛名的“双壳槐枝”惊艳上市之时。皮红果大，肉厚爽滑，晶莹剔透，清甜多汁，不愧是荔果中的佼佼者。

秋风渐起，就到了无核鸡心柿“霸屏”的季节。此前知道南平荔枝声名在外，旅居后才发现这里柿子树数量之多完全不输荔枝，而且柿子的采摘期长达两个多月，持续供应的时间很长，中秋节前后，新鲜的柿子柔滑蜜甜，到了初冬，晒得七八分干的柿饼更有嚼劲，一口咬下去，都能扯出丝来。

冬日萧索，却还有酸酸甜甜的柑橘让人惦记。南平的许多佳果，产量虽是不大，胜在四时流转不绝，让人时时都有期待。

我请画家把南平的物产画成一幅幅水墨小品，又给每幅画都配上了一首汉俳。无论是红彤彤的荔枝，还是黄澄澄的柿子，在绘画和俳句的融合中，以文化艺术作品的形式呈现，在满足口腹之欲的同时，也将思绪投射赋予到这些物产之上，算是源于生活、高于生活的一段清音幽韵吧。

兼得

凤溪两旁，荔果累累几欲垂至水面。溪边的荔枝饱饮清泉，想必更是清润可口，特别让人垂涎欲滴。

只是那天蓝、水白、荔红、草绿的曼妙画面，岂不是视觉上的一大享受？都说鱼和熊掌不可兼得，好在，南平漫山遍野俱是荔枝，溪边的那几棵，便且留多几日吧。

对此境，得俳曰：

荔红溪水白
几度踌躇不忍摘
留得一抹彩

兼得　设色纸本　42cm×42cm　梁俊球

苦乐

遥望千年之前，岭南之地尚是一片蛮荒，世人避之唯恐不及。也唯有苦中作乐的苏东坡，才能洒脱地高呼“不辞长作岭南人”。

由此想来，荔枝竟不只是岭南佳果，还能予人以心灵慰藉呢。

拟苏公意，得俳曰：

此身寄岭南
羡煞长安杨玉环
伸手摘来啖

苦乐　设色纸本　φ42cm　梁俊球

吉利

夏日的南平，枝头挂满火红的荔枝，新生的鸡雏叽叽地叫着，怯生生地啄着新绿。

隐世般的农家生活悠然自得，着实让人羡慕，放眼望去，处处都是一幅丰收年景的平安吉利图。

对此境，得俳曰：

硕果坠枝低
林中雏凤叫吉吉
丰年好大荔

吉利　设色纸本　ф42cm　梁俊球

蝉鸣

蝉的一生大部分时间都蛰伏于幽暗的地下，长达三年甚至十数年，默默地守候、成长。在完成自我蜕变后，破土而出，振羽高飞，枝头鸣唱，精彩的生命却仅有短短数月。

世间诸事，莫不如此。功夫不到，便须耐得住寂寞，老实修行。一旦因圆果满，则是“朝闻道，夕死可矣”，无悲无喜，无悔无念。

有所思，得俳曰：

经年蛰于地
一朝飞上最高枝
恰是荔熟时

蝉鸣　设色纸本　ф42cm　梁俊球

流光

“流光容易把人抛。”白驹过隙，倏忽即逝，再怎么算来，也是生年难满百，中间又有种种烦恼障碍，快乐的时光总是很少。

若能因上努力，果上随缘，日日精进，不负己灵，则流光虽去而人生收益日丰。若如此，纵然世间不如意者十之八九，也能将不善情绪抛诸脑后，便觉一切都好，只缺烦恼。

有所思，得俳曰：

流光去也悄
红了荔枝绿芭蕉
唯将烦恼抛

流光　设色纸本　42×42cm　梁俊球

啄羽

南平的双壳槐枝，又大又甜又脆，是荔枝中的极品。关于果子的成熟度和甜度，鸟儿一向是最有发言权的。有时想一想，活在这里的鸟儿也是幸福啊，满枝满树的荔枝，看上哪一颗便可以尽情啄食饱餐一顿。

看到被鸟儿啄食过的荔枝，肯定不能卖出去。但荔农们也不生恼，并不介意，自己摘来张口就吃，或者是集在一起做成风味独特的荔枝酱。

对此境，得俳曰：

食饱轻啄羽
老树枝头鸟窃语
甜荔脆如玉

啄羽　设色纸本　42cm×42cm　梁俊球

写诗

“若离本枝，一日而色变，二日而香变，三日而味变，四五日外，色香味尽去矣。”荔枝的保鲜自古以来就让人煞费苦心。即使在今天的冷藏运输条件下，在似火烧的夏日里，也很难保证让远方的朋友可以一尝鲜荔。最好的选择，就是邀请朋友们到树下枝头相聚品鲜。

当然，还有一个方法，在画与诗中，荔枝始终鲜活，流传千古。

有所思，得俳曰：

知君爱荔枝
春夏秋冬都想吃
写成画与诗

写诗　设色纸本　ф42cm　梁俊球

清心

有人考证苏东坡的诗句“日啖荔枝三百颗”是广东俚语“一啖荔枝三把火”的误读。

且按下不表，单说东坡先生人生几番起落，一路崎岖，所遇之事若加于平常人身上，早就长嗟短叹、寻死觅活了，唯有苏公等闲视之，我自清风明月，逍遥自得。如此胸襟，世上怕是没什么事能让他上火吧。

有所思，得俳曰：

日啖三百颗
何故东坡不上火
心清天地阔

清心　设色纸本　ф42cm　梁俊球

鸡鸣

隐于南平山水间，万缘放下，舍外内求，任时光流转，世事变幻与我何涉？于日常中时时觉照，如入禅定中，则一日也如一霎，百日也如一霎。

林中静坐良久，偶有雄鸡一唱，如梵钟叩鸣。睁开眼来，方觉满目飞红，原来又已是荔熟之时。

对此境，得俳曰：

静坐万缘空
须臾满目荔枝红
鸡鸣似梵钟

鸡鸣　设色纸本　42cm×42cm　梁俊球

平常

白居易问鸟巢禅师："什么是道？"禅师答："诸恶莫作，众善奉行，此为道。"白居易很失望："此话三岁孩童也晓说。"禅师曰："三岁儿童也晓说，八十老翁行不得。"

修行的诀窍没那么神秘，就是简简单单的平常话。只是王阳明有一句话说得好："知而不行，只是未知。"

有所思，得俳曰：

修行有无他
一啖荔枝一啖茶
尽是平常话

平常　设色纸本　42cm × 42cm　梁俊球

两全

古圣先贤很有智慧，不过分追求不切实际的欲望，日食不过三餐，夜眠不过三尺，基本的生活可以保障就很知足。

如果衣食丰足之余，还能有余暇赏莲吟诗，满满的幸福感就溢于言表了。

有所思，得俳曰：

屋前种荔枝
为爱清莲养在池
两全成美事

两全　设色纸本　ϕ42cm　梁俊球

成双

南平的无核鸡心柿子确实是极品，让人一尝之下欲罢不能。我喜欢一掰两瓣，吃得爽快。

岭南的秋天甚至是冬天，都仍有暑气未消的感觉，最好是冷藏一下，晶晶亮，透心凉。就像果冻一样，既柔滑，又鲜甜可口，中心部分还有一些爽脆，如此丰富的口感，只吃一个肯定不过瘾，没有两个根本停不下来。

对此物，得俳曰：

红皮挂薄霜
入口柔绵甜滑爽
好柿要成双

成双　设色纸本　φ42cm　梁俊球

晒秋

南平的柿子，在中秋节前便开始成熟，于是约远方的几位友人前来赏月品柿，却各有其因未能成行。便只好再推一周，未承想这么一推，便是一推再推。

过了许久，都已入冬了，干脆就不再约了。借冬日的暖阳和冷风，把鲜柿子晒成柿饼给他们寄去吧。

对此境，得俳曰：

秋尽盼君来
枝空鸟去柿何在
黄饼带霜白

晒秋　设色纸本　ф42cm　梁俊球

雀跃

南平的柿子树又高又大，用长长的竹竿很难将柿子全部打下来，还有许多留在了树梢。

就算能全部采摘下来，农人也不会这么做。留一些柿子在树上，给鸟儿们准备一些过冬的口粮，让它们不至于在冬季挨饿，来年鸟儿会帮助捕捉树上的害虫，也算是帮了果农自己。自然界里的一切，都是相互依存的，一荣俱荣，一损俱损。

对此境，得俳曰：

树高七丈九
柿子红了难就手
雀鸟乐唧啾

雀跃　设色纸本　ф42cm　梁俊球

抬头

连日风狂雨骤，柿子扑通扑通掉下来不少。经不起风雨的果子，烂成一堆。乍晴之时，经太阳烤晒，沤出来一堆让人看见就恶心的黄黄黑黑的玩意儿，味道也很是难闻。

穿林而过时心生嫌弃，不觉脱口而出："怎么烂柿子那么多呀！"却被采摘的柿农听个正着，回了我一句："你管地下的烂柿子干什么？树上那么多好柿子你就看不到？！"

有所思，得俳曰：

烂人烂事多
何须理会且抬头
好柿自然有

抬头　设色纸本　φ42cm　梁俊球

如意

“冬天来了，春天还会远吗？”这句话是一种宽慰，是一种等待和忍耐。倒不如当下一念转。心若随境而转，则见霜雪压枝；境若能随心转，则见春熙融融。

世间事，看破、放下、自在、解脱，便无一事不如人意。

有所思，得俳曰：

冬来霜满枝
红灯万盏似春熙
柿柿如人意

如意　设色纸本　ф42cm　梁俊球

烟雨

南方的冬天，仍然是湿润的，尤其是昨夜的一场雨后。清晨走在凤溪栈道上，微冷，林中水汽在初阳的照耀下弥漫开来，竟有一种春天般的氤氲迷茫。几株梅花开得正盛，玲珑白玉，含羞带露，透过枝丫看去，雾气形成一条白练，平铺在远远的半山，这样的景致，着实令人喜爱。

清代嘉庆年间诗人硕庆有一副楹联："两树梅花一潭水，四时烟雨半山云。"倒是很贴此情此景。

遂改而为俳曰：

潭水四时绿

两树梅花承烟雨

半山云霭聚

烟雨　设色纸本　φ42cm　梁俊球

咏梅

梅花的品种很多，我不太能分得清楚，只记住了最简单的分类：观赏梅和食用梅。观赏梅的花颜色多种，食用梅的花一般为白色。

食用梅的花形和香气比不上观赏梅，却可以结出很多果子，摘下来泡成青梅酒或腌制成白糖梅子，别有一番风味。

食用梅虽花色花香稍逊，但点点白色花瓣在风溪边随着微风轻轻颤动，已经足够夺人心魄了。

对此境，得俳曰：

文人爱赏花
英雄煮酒论天下
梅树自足夸

咏梅　设色纸本　ф42cm　梁俊球

夭桃

“桃花坞里桃花庵，桃花庵下桃花仙。桃花仙人种桃树，又摘桃花换酒钱。”唐伯虎醉眠花下的日子看起来很是潇洒，却隐藏了许多无奈，人生多少况味毕竟还是要借酒来排遣。

——虽然，也只有灼灼其华的夭桃与酒最是相衬。

有所思，得俳曰：

问声唐解元
闻香已够醉三天
何必换酒钱

夭桃　设色纸本　φ42cm　梁俊球

暑趣

岭南暑热的时间跨度很长，阳光遍洒，雨水充足。

荔枝和龙眼是两种有代表性的岭南佳果，两者的成熟期几乎是一前一后挨在一起，吃完荔枝过不了多久就可以期待龙眼的上市了。

李时珍《本草纲目》中说“食品以荔枝为贵，而资益则以龙眼为良”。品食味道，以荔枝肉厚甘甜为佳，而温补滋益，则龙眼更胜一筹。身在南平，两者皆可得。

对此境，得俳曰：

才啖三百颗
又问龙眼熟几何
岭南暑趣多

暑趣　设色纸本　ф42cm　梁俊球

芭蕉

岭南乡村常可见蕉树成林。南平荔枝、柿子很多，蕉却不多，偶有两三棵在屋前舍后，似乎只是一个点缀。

往山上走时，看到蕉树上挂着几串自然熟的，随手摘下两三只，一边吃一边走，软糯香甜又饱腹。

进到山的深处，见成片竹林摇曳，美哉！口腹之欲与精神怡悦同时满足，不禁放声长啸，未几，远山深谷有回声相随。

对此境，得俳曰：

空山稀客行
芭蕉赏罢入竹林
深谷返清音

芭蕉　设色纸本　φ42cm　梁俊球

清供

正月初一为“岁朝”，以鲜花、蔬果、文玩供于案前，祈新年好运，更显春意盎然，被称为“岁朝清供”。

名为“清供”，供的乃是一番意趣，若强求“雅物”，反非雅事。观古人《山家清供图》，不乏萝卜青菜，便得“清供”之神髓。

南平小镇的橘子应节而来，虽是寻常之物，却合“清供”二字里的随缘、离欲和恭敬。更兼其味蜜甜，其色红火，寓意吉祥，可供天地日月，可供祖宗社稷，可供古圣先贤。

对此境，得俳曰：

清供敬诸天

柑橘正好应时节

诚意奉堂前

清供　设色纸本　ф42cm　梁俊球

第四章 村野·逸趣

我与禾末曾有过这样的交流：我们真的喜欢村野吗？

有没有对现实的妥协？没有。有没有对生活的将就？没有。有没有对彼此的迁就？没有。

最后一个问题，有没有矫情和造作？没有。

好了，现在可以确认，这就是纯粹的喜欢。我们完全接受村野的一切。接受我们觉得的好，也接受我们觉得的不好。

安安静静地借村而居，既有融入其中的亲密无间，也保留恰当的观察和思考，不打扰别人，也不困扰自己。到村野去，那里有广阔天地，那里大有作为。到村野去，但不需要带着悲天悯人的优越感而去，也没必要大惊小怪地去刻意赞美。

村野蕴含人与自然的奥秘、人与人的奥秘。山野中的一片村落在一两百年、几百年甚至上千年的沉淀中，会形成一种若有若无的边界。你无视它，注定无法融入这个村落的生活；你想触碰它，却又无形无影、了不可觅。

不必为了那条边界去改变什么，把所有的执念放下，做简单而真实的自己，一天，两天，一个月，两个月……你将被村野完全接纳，并获得村野之间的无穷乐趣。

这时候，你对着流传了千百年的《击壤歌》微微一笑："日出而作，日入而息。凿井而饮，耕田而食。帝力于我何有哉？"

感恩

山不在高，有仙则灵。水不在深，有龙则灵。

凤凰山不高，凤溪也是清浅，放眼中华山川异域，若论高与深，大有胜此之地。却何须苦苦寻觅？遇见皆为美好，适合即是有缘，心怀知足与感恩，于此地静心修行，尽得山之灵气，水之滋养，何愁道之不成？

有所感，得俳曰：

莫嫌山不深
于此修行道可臻
知足并感恩

感恩

大道

孤立峰顶，天心月圆，明珠一颗，照破山河。

古往今来欲成一事者，必有孤峰独立、横刀立马的心境。若无“面壁十年图破壁”的决绝，若无“虽千万人吾往矣”的勇气，想要突破关键一环，是很难的。

有所思，得俳曰：

大道本无殊
何能触手取明珠
孤立险绝处

聚散

立于凤凰山山顶，静观风云变幻。但见无风时白云悠悠，其状或如绵羊，或似玉兔，久久不散，似乎恒久不变。疾风骤起时，却瞬息万变，毫无章法可言。

想起宋代志芝禅师的一首诗：

千峰顶上一间屋，
老僧半间云半间。
昨夜云随风雨去，
到头不似老僧闲。

有所感，另起一俳曰：

有风云乃变
心若逐缘烦恼现
不得片刻闲

云天

居于海畔，视线一马平川，常怀扬帆济沧海之志。藏于村野，眼见山峦重叠，长生守意养静之心。然居山野者未必短视，不信大可登顶而望远，浩然之气荡涤胸怀，何以故？“不畏浮云遮望眼，只缘身在最高层。”

独立天地之间，一睁眼，景象万千；一闭眼，心外无物。

有所思，得俳曰：

云天任尔裁
千山万壑在胸怀
无物逃心外

虚掩

“路不拾遗，夜不闭户”的古风让许多人感叹并神往。民风淳朴有赖于人员结构的稳定，所以在人来人往的都市，实在不必矫情生出“今不如古”的感怀，若想感受质朴风气，于山野乡村间，仍可一觅。

在村子里时间稍长，便有许多混熟了的邻居。若去串门，无须事先通告，若遇主人下地或是出门，大可施施然推开虚掩的大门，自顾自地烧水煮茶。若主人久未归来，则收拾妥当自行离去，亦不必事后报告。

对此境，得俳曰：

人去掩门扉
径入吃茶也不催
管他归不归

独啜

酒不宜独饮，茶却可以。茶可以独饮，但最好也不要独饮。

一泡好茶，你心念一动，便会出现有缘人。你事先并不知道会是哪一位闻香而来，但你也不必猜，有这闲工夫，不如逗逗窗外的鸟儿吧。

对此境，得俳曰：

独啜香益清
随缘随性等客临
吹萧逗鸟鸣

爱怜

一夜听雨。

清晨起来，又见一朵茶花绽放，在长夜骤雨的扑打下，花朵仍是完整无缺，却仿佛能看到花瓣上有丝丝伤痕，免不了生出些怜惜之意。

对此境，得俳曰：

茶花绽放了
却怨昨晚的雨呢
先我近芳泽

悠哉

仲春、暮春之间，荔枝花和龙眼花一齐盛开，浓郁的花香随着鸟鸣一起从窗外送进陋室。

一阵雨来，鸟儿噤声不知去处，窗外花落不知多少。一阵雨收，复听鸟鸣啾啾，探出窗看下去，细细的花儿已经铺了一地，只是浑不觉这些飘零的花瓣有什么悲切，只从从容容躺在地上，呈现出另一番美。

对此境，得俳曰：

晴时香透窗
雨打飘零又何妨
落地悠哉躺

兰蕙

兰蕙于山谷溪涧，独立遗世，自散其香，并不需要人来欣赏。韩愈《幽兰操》说得很透彻：

兰之猗猗，扬扬其香。

不采而佩，于兰何伤。

……

古人常以兰比喻君子，君子是能处于各种环境而保持他的志向和德行操守的。茕茕在野时不担心无人赏识，登堂入室时不失清雅本性。

有所感，得俳曰：

在空谷猗猗

请之入室貌怡怡

不曾失雅意

蘭蕙

花期

去年的春天，在山的深处看到了漫山遍野的花儿，那肆意招展的活力瞬间让当时稍有些萎靡的我振作起来。离开时，我默默地说，明年此时，定要再来。

又到春花之期，只是连日的雨令山路泥泞不堪，正想着雨打花残，不去也罢。转念又想，花不负人，我亦莫负花才好。

有所思，得俳曰：

撑伞入深林
恐负花开一季情
不惜陷泥泞

蘭蕙

南平客栈

夜行

夜晚，在南平小镇信步游走。天上的月光被几缕细条的云分割后，再透过高高的树枝和叶，星星点点洒落在大地上，与人间灯火汇合在一起，给人安定与温暖。

夜的气息让人微醺。这种微醺不是糊糊涂涂，反而酣睡一场之后醒来，体力和精力已经完全恢复，头脑异常清醒，但又有意识地留恋或沉浸于那种恍惚和迷离之中的舒服感。

对此境，得俳曰：

林密虫声脆
夜行小径心神醉
云剪月光碎

花期

去年的春天，在山的深处看到了漫山遍野的花儿，那肆意招展的活力瞬间让当时稍有些萎靡的我振作起来。离开时，我默默地说，明年此时，定要再来。

又到春花之期，只是连日的雨令山路泥泞不堪，正想着雨打花残，不去也罢。转念又想，花不负人，我亦莫负花才好。

有所思，得俳曰：

撑伞入深林
恐负花开一季情
不惜陷泥泞

思君

思君

相约去看花，做好了千般准备，没承想老天突然下起了密雨。

嘴上虽然说着：“下雨了，也不一定去得了吧。”心里却完全不这样想。

五代十国时，吴越王钱镠思念回乡省亲的夫人吴氏，写了一句“陌上花开，可缓缓归矣”，只九个字，平实温馨，情愫尤重，让吴氏当即落下两行珠泪。

儿女情长，英雄气短。性情中人的细腻心思，也蛮是可爱。

有所思，得俳曰：

陌上野花开
却说雨密不须来
思君不敢白

无缺

泡一壶单枞，与君共饮，微风过处，心旷神怡。

盏中茶汤清澈亮黄，几可与中秋的明月媲美。此情此景，更无俗事可扰，一切都是如此圆满。

对此景，得俳曰：

林下秋风悦
靓茶汤色似明月
什么也不缺

靜

俳味

汉俳，三句十七字的极简格律诗，源承古典诗词，连接雅致生活。我常跟学生说，写汉俳的人一定要“有趣”，否则便不得其门而入。

相比在都市的课堂，我更愿意在乡野间结庐讲学。

所谓俳人者，若无高洁有趣的灵魂，是断写不出有俳味的句子来的。亲近山野自然者，如竹林七贤，耐得住寂寞，清高妙趣，更合我意。

赋俳一首，表吾心意：

欲赏俳之味

秋风几夜枕石寐

方许入竹扉

闲人

在特定的条件下，天气晴好能见度高，就有机会看到白昼之月。

由于光照的原因，白天能见到的月亮一般都不会太显眼，特别是它藏在片片白云之中的时候。也只有心无挂牵的闲人，才会偶然一瞥发现。

有所思，得俳曰：

云白月也白
闲人一眼看出来
悠悠不挂怀

閑居

踏歌

上山劳作，忽然接到一位远方道友的信息，说是刚刚到了山下。

想起方才在山头看春光明媚，处处嫩绿，正感慨着有谁共赏，忽然就有这样一位不远千里、不请自来的朋友，当真是喜出望外。

赶忙放下锄头，摘下斗笠挥舞着一路小跑而下。得意处，放声高歌，唯听空谷回音，雀鸟和鸣。

对此境，得俳曰：

忽闻道友临
扔锄摘笠下山迎
一路踏歌行

古寺

南平小镇的山溪林石之秀，即使置于粤港澳大湾区的宏大视野中，也有其殊胜之处。既以“静修”为名，若有一处清净道场，有得道者居于此，领众修行弘化一方，则何其妙哉！

我于小镇旅居时，一切都觉恰到好处，唯此一憾而已。

有所思，得俳曰：

距城中咫尺
唯憾此山无古寺
只有负离子

太妙廟

原上

在原野中，有一些花儿很小很小，小到你几乎忽略了它作为花的存在，而觉得它们就是一束野草。

但当一片这样的野草绽放的时候，你都不需要用眼睛去看，远远地深深一呼吸，就知道春天的来临。

记得袁枚的《苔》吗？“白日不到处，青春恰自来。苔花如米小，也学牡丹开。”就是这种感觉。

有所思，得俳曰：

清新原上草

素手撷来香气渺

寄思千里遥

春光

冬天还没过去，就开始期待春天那满树的繁花。萌叶、结蕾、含苞、乍绽、半开、正灼……感知到春光一点一点地到来，每次站在树下亭间调息吐纳，总有丝丝欣喜。

又过几日，开始有花瓣掉落，再过几日，伴着一阵和风细雨，落花漫天飞舞，便已是春光盛极之后的景象了。看花开花又落，回首过往，未虚度，未辜负，心里便觉无比充实。

对此境，得俳曰：

落花逐日多
一期一会春光挪
回首不蹉跎

韶明亭

流水

“上善若水，水善利万物而不争，处众人之所恶，故几于道。”“天下莫柔弱于水，而攻坚强者莫之能胜，以其无以易之。”我时常在凤溪观察水的流动，领悟《道德经》中对水的阐述。

安于卑下之处，为利益万物，在相上可以化为任意的形状和形态，却不会改变它高洁清澈的本质，这就是其接近于“道”的风骨原因吧。

有所思，得俳曰：

流水之风骨
随形就状舍身赴
利他我相无

叶影

执子之手，行走于乡野间。

夕阳已远在山外，暖暖的光斜照过来，映照在我俩的身上，影子在地上拖得很长很长，重叠在一起，分不出彼此。

这束光同样照在竹林上，高处层层叠叠的竹叶影子印在低处层层叠叠的竹叶上。风乍起，竹枝摇曳，一时竟分不出哪片是叶，哪片是影。

对此境，得俳曰：

卿卿乡野行

斜阳山外照竹林

谁是谁的影

老姜

有一片农人的菜地，种了不少的生姜。

这种食用的黄姜很少开花，而且叶子也是卷成一条一条的，仿若一根根绿色长针。似乎要有意地收敛精气神，把所有辛辣都藏在地下的根茎部。

对此境，得俳曰：

生姜懒吐花
叶卷如针把汗发
遇霜尤老辣

种豆

文人择居于山林乡野，多以陶渊明为榜样。内心澄澈明净的五柳先生，笔下有最真挚脱俗的乡野诗情画意。

《归园田居·其三》，写下了他的生活状态：

种豆南山下，草盛豆苗稀。
晨兴理荒秽，带月荷锄归。
道狭草木长，夕露沾我衣。
衣沾不足惜，但使愿无违。

陶令种豆是很随意的，不理会收成好不好，最紧要的是“但使愿无违”。他的“愿”是什么？就是按自己的意愿生活，不在现实世界中失去自我。

学其行，得其意，改而为俳：

种豆云山下
草盛苗稀道也狭
笑靥灿如霞

種豆

归处

“开荒南野际，守拙归园田”“暧暧远人村，依依墟里烟”“久在樊笼里，复得返自然”，一幅多美的山水田园画卷呀。

陶渊明所处的年代，隐于乡野即可隔绝市尘喧嚣。如今通讯与交通便利发达，即便藏身深山，亦难完全屏蔽外界的干扰。

也没有必要屏蔽一切，对万境而心如一。愿得一人心，常于乡野行，学习陶潜的生活态度，虽不中亦不远矣。

有所思，改陶诗为俳作结：

依依墟里烟
暧暧寒寒年复年
归处在园田

竹林徘舍 × 南平静修小镇

俳人的感谢

感谢中共广州市从化区温泉镇党委、温泉镇人民政府对汉俳文化的支持。南平静修小镇是全国知名的美丽乡村，汉俳与其结缘可谓意义重大，影响深远，在可以预期的未来，汉俳与“乡村振兴”这个宏大命题将会有更多精彩的碰撞。

感谢“中国文联终身成就书法家”沈定庵先生题写书名，三年前的汉俳集《空谷做么响》也是沈老赐书，作为书法界和文化界享有盛名的大家，沈老对汉俳的加持让人感动。感谢“画坛荔枝王”梁俊球先生为本书封面和插图创作了近五十幅水墨小品，感谢梁国明先生和江晖女士的治印。汉俳与中国传统文化特别是书、画、印等艺术的结合，如水滴融于江河大海，永不干涸。

感谢清晖竹影和明心觉影的出彩摄影，感谢海上青雨的精心设计，令“俳摄双修”再一次呈现无穷魅力。感谢白玉清音和觉路无岐对本书提出的有益建议。在汉俳发展的路上，众多和而不同、心底无私的俳人朋友，特别是“六榕俳林”和“竹林俳舍”的成员，是我最坚定的支持者和最可信赖的伙伴，没有他们，人生就没那么有趣。

感谢我的父母和家人，我往前迈出哪怕再小的一步，在他们眼中都是值得骄傲的巨大成就，也许七叶禾末会觉得平平常常，但这么多年也唯有她，仍然愿意傻傻地陪着我做一些不着调的傻事。

感谢我的导师六榕法量上人，若没有在他座下学习磨炼的经历，没有他言传身教的智慧指引，我的思考将流于浅薄，我的人生将终于平庸，“竹林俳”也绝不会有今日之气象。

……

高高山顶立，深深海底行。如斯善缘助力成就，我自当谦虚谨慎，又岂敢妄自菲薄？在汉俳这个领域，我必迎风而立、当仁不让。

王导

2021 年 3 月 31 日于竹林俳舍